LA
TOURBE LIBÉRALE

ou

LE SIÈCLE D'IMPIÉTÉ,

Poème

Par Antoine Barthélemy.

PRIX 2 FR. 25 C.

A PARIS,

À LA LIBRAIRIE DE RUSAND ET Cⁱᵉ,

rue du Pot-de-Fer Saint-Sulpice, n. 8.

1830.

LA
TOURBE LIBÉRALE,

ou

LE SIÈCLE D'IMPIÉTÉ.

DE L'IMPRIMERIE DE POUSSIELGUE-RUSAND,

IMPRIMEUR DE S. A. R. M. LE DUC DE BORDEAUX,

rue de Sèvres, n. 2.

LA
TOURBE LIBÉRALE

OU

LE SIÈCLE D'IMPIÉTÉ,

Poëme

Par Antoine Barthélemy.

Super aspidem et basiliscum ambulabis, et conculcabis leonem et draconem.

(DAVID , Psaume 90 , v. 13.)

A PARIS,

A LA LIBRAIRIE DE RUSAND ET Cⁱᵉ,

rue du Pot-de-Fer Saint-Sulpice, n. 8.

1830.

MOT PRÉLIMINAIRE.

Je prévois que mon ouvrage me vaudra la haine de cette tourbe d'hommes insensés qu'on qualifie du titre de libéraux. Tant mieux! je serai ravi d'avoir ma part aux insultes qu'ils font tous les jours à l'Église, à cette Église qui, malgré les efforts de leurs sectateurs effrénés, ne chancellera jamais! Si elle n'a dans son sein qu'un très petit nombre de dignes enfans, elle a pour soutien le Dieu qui l'a créée, le Dieu qui dans six jours forma cet univers, et qui d'un mot peut le renverser. C'est donc en vain que les méchans s'attaquent à elle.

Elle chantera toujours ce verset de David : *Super aspidem et basiliscum ambulabis, et conculcabis leonem et draconem.*

LA
TOURBE LIBÉRALE
OU
LE SIÈCLE D'IMPIÉTÉ.

O divine Sion ! frémis de ta défaite,
La caste libérale a conjuré ta perte ;
Un pitoyable essaim de frivoles esprits
De libelles affreux infecte tout Paris. [1]
Mais que dis-je, Paris ? les quatre coins du monde
Sont abreuvés déjà de cette source immonde ;
C'est peu que le vulgaire en soit empoisonné,
Elle voudrait jaillir sur un front couronné ;
Près d'un auguste roi son flot impur bourdonne,
Les monstres de ses eaux rampent au pied du trône ;
Ils s'efforcent en vain d'en souiller les degrés,
L'œil royal qui les fixe arrête leurs progrès,
Et bravant la fureur de leur indigne haine
Les chasse avec mépris sans les mettre à la chaîne.
   De leur rage étouffée, oh ! craignons le retour !
Chrétiens, faisons des vœux pour que le prince un jour

De son trop de bonté ne soit point la victime,
Et qu'il pénètre avant la sombre horreur du crime.
    Pour moi, qui suis instruit de leurs plus noirs desseins
Je prétends dévoiler ces lâches assassins.
Oui, ces vils assassins ! car ce sont ces infâmes
Qui, bravant la pudeur, ont poignardé nos âmes ;
Ce sont eux qui voulant nous fermer le saint lieu
Nous soufflent le mépris pour les prêtres de Dieu.
De quel droit osent-ils fronder la sainte Eglise,
Ces délateurs obscurs dont la fausse franchise
Voudrait tout éblouir, même un peuple hébété
Qui caresse se fers en chantant : « Liberté ! »
    Ont-ils tant de vertu pour diffamer les autres
Ces cauteleux esprits qui lèsent nos apôtres ?
Faut-il de si bons yeux pour lire au fond des cœurs
De ces hommes sanglans, transfuges de nos mœurs ?
Je ne puis modérer l'ardeur qui me transporte :
Mon zèle est trop ardent et ma haine trop forte ;
De ma religion j'entends la douce voix :
Pâlissez, ennemis de l'Eglise et des rois !...
    En vain vous exhalez une rage débile,
La croix vainquit toujours votre tourbe stérile,
Rappelez-vous ces temps où le monde alarmé,
Sous le joug des tyrans gémissait opprimé ;
Ces temps où flamboyait le glaive de l'envie,
Où la terre effrayée était de sang nourrie ;
Revoyez les chrétiens sous le fer expirans
Braver de leurs bourreaux les yeux étincelans ;
Voyez, dis-je, un Elof sous le couteau funeste ;
Admirez la fureur de ce héros céleste,

Qui de sa chair sanglante arrachant un lambeau
En étreint fortement son indigne bourreau,
Lui criant d'un ton fier, d'une voix foudroyante :
« Assouvis les transports de ta faim dévorante. »
Sa belle âme à ces mots voit fuir la froide mort,
Et vole aux cieux ouverts sur un nuage d'or.
    Qui donnait aux martyrs ce courage invincible ?
N'était-ce pas Jésus, le fils de l'Impassible ?
Oui, c'était lui, mortels, n'en doutez nullement ;
Et ce qu'il fit alors il le fait maintenant.
De ses nouveaux élus il soutient la faiblesse,
Les prêtres de ce Dieu bravent votre bassesse ;
De son culte sacré ministres immortels,
Ces colosses fameux défendent les autels ;
Ils observent les lois du Maître de la terre,
Du Dieu qui sur les vents fait rouler son tonnerre ;
Qui d'un geste puissant peut briser l'univers
Et d'un souffle léger tarir le sein des mers.
N'allez pas encourir sa terrible vengeance,
Sectateurs d'une vile et fausse indépendance,
Qui savez vous servir du mot de liberté
Pour étouffer partout la sainte piété.
Mais au lieu d'extirper le venin qui la ronge,
Votre âme dans l'erreur de nouveau se replonge,
Et reprenant encor d'hostiles instrumens,
De nos temples déserts sape les fondemens.
Nos plus humbles prélats sont en proie à sa haine : 3
Elle assouvit sur eux le penchant qui l'entraîne ;
Et frondant sans pudeur toutes leurs actions
Par des reproches vils trompe les nations.

1*

Ces reproches honteux je ne dois point les taire :
Oui, de leur fausseté j'instruirai le vulgaire,
(Car du vulgaire seul on peut tromper les yeux)
Je briserai sans peine un masque captieux ;
Et de la vérité prenant la torche ardente
Ferai pâlir d'effroi cette secte insolente.
  Ecoutez et tremblez, traîtres adulateurs
D'un peuple perverti par vos propos menteurs.
Trop long-temps votre voix publia le mensonge,
Vos funestes lauriers ne vous ceindront qu'en songe.
  J'ai lu pour mon malheur tous vos tristes écrits ;
Ils ne mériteraient que les plus froids mépris ;
Mais puisque dans les cœurs leur amère ironie
A fait brandir sur Dieu le fer de l'infamie,
Je dois, en signalant vos coupables desseins,
Venger et son Eglise, et son peuple, et ses saints.
  Vous osez critiquer le luxe de nos temples :
Du grand roi Salomon suivons-nous les exemples ?
Voit-on fumer l'encens dans un encensoir d'or ?
Le tabernacle est-il un immense trésor ?
Egorgeons-nous aussi ces animaux utiles
Dont on privait pour Dieu les habitans des villes ?
Voit-on au vestiaire habits sacerdotaux
Eblouir tous les yeux de leurs riches métaux ?
Jouissons-nous enfin de richesses sans nombre ?
Non ; de cet heureux temps nous n'avons plus que l'ombre
D'un luxe éblouissant, noble, majestueux,
Il ne nous reste, hélas ! que vestiges honteux !
Grâce aux progrès des arts, l'auteur de la nature
De l'or qu'il nous donna voit du moins la peinture :

Au-dessus de l'autel sa gloire resplendit : 4
A ces rayons cuivrés l'Eternel a souri.
Il sourit : mais craignez son terrible sourire,
Mortels impénitens qui dans votre délire
Croyez impunément braver sa majesté :
Craignez son glaive ardent par sa main agité ;
Car s'il lançait sur vous sa foudre dévorante,
S'il mettait le remords dans votre âme expirante,
Vos lamentables cris deviendraient superflus,
Et vos regrets tardifs ne le toucheraient plus.
  Avant ce jour affreux désarmez sa colère,
Tombez aux pieds du Dieu que l'Eglise révère,
De ce Dieu de bonté, de ce Dieu de fureur,
Qui veut ou caresser ou briser notre cœur.
Renaissez de nouveau, que vos âmes émues
Pratiquent les vertus qui vous sont inconnues.
De l'hydre de l'envie étouffez les serpens ;
Ecrasez pour jamais leurs lambeaux palpitans.
C'est alors qu'éclairés de la foi radieuse,
Vous la verrez sur vous descendre glorieuse ;
Et la vive clarté de son divin flambeau
Vous montrera vos torts sur l'immense tableau.
Quand vos sombres regards perceront les abîmes
Où dans l'impunité s'étaient cachés vos crimes ;
Quand vous serez remplis d'une céleste foi...
Il me semble vous voir frémir d'un saint effroi :
Vous lisez, et déjà je vois vos yeux timides
Rougir de pleurs sanglans vos paupières humides ;
Vos sens, d'horreur saisis, dans vos veines glacés
Implorent le pardon de vos crimes passés ;

Votre bouche, autrefois l'organe du mensonge,
S'écrie en longs accens que la frayeur prolonge :
« O Dieu que j'ai trahi, Dieu que j'ai méconnu,
A mériter ta haine, oui, je suis parvenu !
Des forfaits les plus noirs j'ai comblé la mesure :
J'ai paré de tes biens l'indigne créature,
Mes écrits scandaleux ont aux peuples pervers
Dérobé sous les fleurs le gouffre des enfers ;
Comme ce parricide [5] ennemi des monarques,
J'ai souflé les discords dans mes vers aristarques ;
Et morguant sans pudeur tes prêtres et nos rois
J'ai prétendu, mon Dieu, les réduire à ma voix.
C'était encor trop peu: chantant un peuple libre,
J'ai su faire pâlir le souverain du Tibre ; [6]
De son sceptre imposant bravant la pesanteur,
Je l'ai calomnié, mais en faux délateur.
De mes plus vils péchés tu connais l'assemblage,
Je les veux expier, donne-m'en le courage ;
Lis dans ce cœur contrit, dans ce cœur repentant
Qui veut ou son pardon ou l'enfer à l'instant,
Prononce mon arrêt, ou cède à ma prière;
Ton sang coula pour moi : désarme ta colère.»
        C'est ainsi qu'autrefois le grand saint Augustin,
Par des confessions vainquit l'Etre divin.
        Mais vous dont le cœur dur repousse encor la grâce
Pécheurs, je vous le dis, craignez que Dieu se lasse;
Courez au tribunal de la conversion :
    « Moi courir, dit l'impie, à la confession !
Quoi! vous voulez me voir près d'un guichet futile,
Exhaler au pasteur les travers de ma bile ?

Hé bien, mon cher monsieur, vous ne m'y verrez pas ;
J'ai fait trop peu de mal pour craindre le trépas ;
Et pour vous le prouver je vais, ne vous déplaise,
Dans un écrit nouveau rire tout à mon aise,
Dussiez-vous m'exiler jusque chez le Mogol,
Je veux parler en vers de saint Vincent de Paul. »
Parle, parle, insensé ! va, ton nouveau libelle
Fera mieux resplendir cette châsse immortelle.
Le saint qu'elle possède a souffert pour son Dieu
Les outrages sanglans qu'on lui fit en tout lieu.
Mais il ne souffre plus, il voit d'un œil tranquille
Les insultes qu'on fait à son corps immobile ;
(Can on insulte encor, qui pourrait le nier ?)
Mais parmi les méchans je dois le publier :
J'ai vu s'agenouiller mille pieux fidèles,
Qui d'un feu tout divin sentaient les étincelles.
Leurs célestes transports ont produit les élans
Qui m'ont fait assoupir près de ces cœurs brûlans. [7]
Je me sentais renaître ; et mon âme ravie
Savourait lentement une douce ambroisie :
L'univers n'était plus qu'un immense jardin ;
Je contemplais l'azur d'un ciel toujours serein.
Des coteaux verdoyans l'herbe haute et fleurie,
Par des ruisseaux de lait semblait être nourrie.
Plus loin je découvrais des raisins parfumés
Qui de l'air du climat paraissaient embaumés ;
J'entendais des oiseaux l'harmonieux ramage ;
Ils caressaient les fleurs d'un superbe bocage,
Dont les détours rians me laissaient découvrir
Le fleuve de cristal qui les voit rafraîchir.

Mais tandis que mon œil étonné se repose
Sur la vive fraîcheur d'une odorante rose,
Un effroyable cri vient troubler mon sommeil,
Et me fait retrouver le plus affreux réveil.

O vous qui, comme moi, dans un sommeil paisible
Goûtez le vrai bonheur, priez l'Etre impassible
Qu'il nous fasse surgir dans ce monde nouveau
Où le loup dévorant caressera l'agneau.

Et vous, hommes pervers, dont les excès cyniques
Etouffent la vertu dans vos âmes iniques,
Entendez ma prière, et convertissez-vous ;
La foudre gronde encor : n'attendez pas ses coups.
Mon Dieu ! j'ai dans mes vers déployé ma franchise,
J'ai combattu pour toi, pour ta divine Eglise ;
Mais si mon faible écrit des mortels rebuté,
Laisse son jeune auteur dans son obscurité ;
Je te promets, mon Dieu, de reprendre la plume
Et de les voir pâlir en lisant le volume
Où je démasquerai l'essor de leur orgueil ;
Ils ne dormiront plus... qu'au fond de leur cercueil.

NOTES.

— • • —

[1] Un pitoyable essaim de frivoles esprits,
De libelles affreux infecte tout Paris.

Il est inutile de décliner les titres des ouvrages satiriques de MM. Barthelemy, Méry, Béranger, etc., etc...... Plusieurs d'entre eux entendent résonner les verrous des prisons.

[2] Voyez, dis-je, un Élof sous le couteau funeste :
Admirez la fureur de ce héros céleste.

Saint Élof, après avoir été écorché vif, eut le courage de jeter un lambeau de sa chair sanglante au visage de l'empereur Julien, surnommé l'Apostat, en lui criant d'une voix forte : « Tiens, rassasie-toi de la chair des chrétiens! »

[3] Nos plus humbles prélats sont en proie à sa haine.

Tout le monde sait, comme moi, que plusieurs journaux ont offensé impunément notre digne archevêque, relativement à la châsse de saint Vincent de Paul. O siècle d'impiété!

[4] Au dessus de l'autel sa gloire resplendit.

Dans la plupart des paroisses de Paris on voit au-dessus de l'autel un soleil levant, composé de bois et de cuivre.

[5] Comme ce parricide. . . . .

Brutus, fils de Jules-César, et son assassin.

[6] . . . . chantant un peuple libre,
J'ai su faire pâlir le souverain du Tibre.

Il est aisé de comprendre que le souverain du Tibre c'est notre saint père le Pape.

[7] Leurs célestes transports ont produit les élans
Qui m'ont fait assoupir près de ces cœurs brûlans.

Cette fiction trouvera des censeurs, je n'en doute nullement; mais les vrais amis de la religion la trouveront peut-être ingénieuse.

TABLEAU

DU JUGEMENT DERNIER.

ODE.

Ah! qu'aperçois-je! le ciel change!
Une clarté sombre nous luit,
D'où vient ce phénomène étrange,
Et d'où naît cette horrible nuit?
J'entends le bruit de ce tonnerre,
Qui souvent fit trembler la terre
Sans faire pâlir les humains;
Dans ce moment fatal il gronde;
Ces bonds font tressaillir le monde;
Ils annoncent le Saint des saints.

Déjà de la céleste voûte
Les astres se sont séparés;
De leurs feux mourans dans leur route,
Les airs mêmes sont dévorés:

Ils viennent consumer le monde ;
La mer voit sortir de son onde
Des flots qui consument son flanc ;
Et la terre comme écrasée,
S'anéantit tout embrasée,
Et l'univers rentre au néant.

Mais jetons un moment la vue
Sur les humains ressuscités,
Cherchant la terre disparue
Pour se cacher de tous côtés.
En vain ils éprouvent la crainte,
L'Eternel est sourd à leur plainte,
Son œil respire la fureur ;
En proie à toute sa vengeance,
A sa redoutable présence
Redouble encore la terreur.

Le ciel s'entr'ouvre , et sur un trône
Paraît ce Dieu de majesté ;
Sa fureur seule l'environne,
Et sa foudre est à son côté.
Revêtu de toute sa gloire
Sur son front brille la victoire,
Ses yeux commandent le respect ,
Et ce jour heureux et funeste
Voit frémir la troupe céleste
A son éblouissant aspect.

O vous qui cherchez un refuge,
Que pensez-vous dans ce moment?
Les regards perçans d'un tel juge
Ne font-ils pas votre tourment?
Entendez-vous sa voix terrible,
Prononcer la sentence horrible,
Agitant à vos yeux sa croix?
« Allez gémir dans les supplices
Que j'ai préparés pour les vices,
Vous qui dédaignâtes mes lois.»

A ces mots s'ouvrent les abîmes,
Et Satan, l'hydre des enfers,
Plonge les coupables victimes
Dans le vil séjour des pervers.
Je les vois dans l'horrible gouffre :
La flamme bleuâtre du soufre
Dévore leurs flancs déchirés ;
Et mille monstres en furie
Dispersent avec barbarie
Leurs membres déjà dévorés.

Là j'aperçois une coquette
Qui blasphème contre les cieux ;
Des serpens sifflent sur sa tête,
Ils brisent sont front orgueilleux ;
Le richard au cœur insensible
En proie aux fureurs d'un reptile

Dont l'aspect glace de terreur ;
Et l'envieux au front livide
Sous un vautour vorace, avide,
Qui lentement ronge son cœur.

O mon Dieu ! que de cris funèbres
Dans ce repaire de tourmens !
J'entends de l'ange des ténèbres
Les odieux croassemens.
Il témoigne ainsi son ivresse,
Et dans sa barbare allégresse,
Il redouble l'ardeur des feux ;
Et de sa poitrine enflammée
S'échappe une noire fumée
Qui referme le gouffre affreux.

Mais pour vous , âmes fortunées
Qui n'éprouvez qu'un saint respect,
Pour payer vos saintes années
Ce Dieu va changer son aspect ;
Ce Dieu si fier, ce Dieu terrible
A votre frayeur est sensible ;
C'est avec les plus doux accens
Qu'il dit : « Venez, troupe fidèle,
Jouir de ma gloire immortelle ;
Volez dans mon sein, mes enfans.»

Ah ! quelle douce et sainte ivresse
S'empare de vos sens troublés ?
Ivre d'une vive allégresse
Troupeau céleste, vous volez
Dans le sein d'un Dieu tutélaire
Dont la redoutable colère
Semblait vouloir tout foudroyer :
Vaincu par vous, il perd ces armes;
La peur vous fit verser des larmes
Le Dieu grand va les essuyer.

UN JOUR D'ÉTÉ.

ODE.

Quel ciel pur couvre la terre !
Les airs semblent parfumés ;
Et le Dieu qui nous éclaire
Montre ses traits enflammés.
Quelle majesté suprême !
Qui peut de son diadème
Fixer l'éclat immortel ?
Hélas ! l'impie et le sage
Baissent l'œil, rendent hommage
A l'œuvre de l'Eternel.

Parcours la voûte azurée,
Astre brillant et divin
Du séjour de l'empirée
Lance les feux de ton sein.
Fais qu'une chaleur utile
Rende la terre fertile
En abondantes moissons ;
Enfin fais-nous reconnaître
La bonté du puissant maître
Que tous nous méconnaissons.

Oh ! que tu me sembles belle,
Terre où repose mon œil !

Et que ta fraîcheur nouvelle
Te décore avec orgueil !
Je vois sur ton sein immense
Le peuple ailé qui s'élance
Sur tes plus riantes fleurs ;
Il caresse ta verdure,
Et dépouille ta parure
De ses plus vives couleurs.

Nourri de tes sucs propices,
Il remonte dans les airs,
Et veut payer tes services
Par de gracieux concerts.
Quel mélodieux ramage !
A son innocent langage
Tu tressailles de plaisir ;
Et la douceur infinie
De cette belle harmonie
Te fait encor refleurir.

Des humains trop bonne mère,
L'hiver, stérile, tu dors ;
Mais l'été tu sembles fière
D'offrir tes riches trésors.
Le laboureur sans alarmes,
Vient se nourrir de tes charmes,
Et caresser ton gazon
Près d'une épouse vermeille,
Qui d'une enivrante treille
Extrait le divin poison.

Bientôt la coupe est remplie ;
Et les époux radieux
Du nectar de la folie
Arrosent leur cœur joyeux.
A grands pas fuit la prudence,
Et l'excès de l'abondance
Lentement les assoupit ;
L'amant dort, mais son amante
Pose sa bouche brûlante
Sur celle qui lui sourit.

Témoin de leur douce ivresse
Tu les portes sur ton sein ;
De leur folâtre allégresse
Tu vois arriver la fin.
Alors ta voix les engage
Et leur dit : « Prenez courage,
Peuplez ce vaste univers,
Charmez la route embellie,
Car au sortir de la vie
Vous viendrez nourrir mes vers.»

FIN.